DE TOVENAAR

EN HET

PALEISVARKEN

NEDERLANDSE
KINDERJURY
2005

Original title: *Clever Lollypop*
First published MMIII by Walker Books Ltd., London.
Text © MMIII Foxbusters Ltd.
Illustrations © MMIII Jill Barton
All rights reserved.
© Zuidnederlandse Uitgeverij N.V., Aartselaar, België, MMIV.
Alle rechten voorbehouden.

Deze uitgave door: Deltas, België-Nederland.
Nederlandse vertaling: Jeske Nelissen.
D-MMIV-0001-67
Gedrukt in België
NUR 282

DE TOVENAAR
EN HET
PALEISVARKEN

Geschreven door Dick King-Smith
Geïllustreerd door Jill Barton

DELTAS

INHOUD

'Ze heeft een gouvernante nodig'

HOOFDSTUK EEN

Er was eens, in een heel ver land, een koning. Hij zat aan de grote tafel in de grote eetkamer van zijn grote paleis te denken.

De koning heette Theodorius en hij dacht tevreden aan het ontbijt dat hij zo meteen zou krijgen. Het was zijn lievelingsontbijt: roerei op toast.

In de tuinkamer, die zo heette omdat je door de openslaande deuren een prachtig uitzicht had op de koninklijke rozentuin, zat zijn vrouw, koningin Edelwina. Zij dacht tevreden aan de schitterende bloemen die ze buiten zag, vooral aan één speciale roos, die de naam Prachtige Edelwina droeg.

Prinses Paulien, de dochter van de koning en de koningin, zat in een kamer die nog altijd de kinderkamer genoemd werd, ook al was de

prinses al zo groot dat ze geen kin-
dermeisje meer nodig had. Ze

dacht tevreden aan haar vriend-

je, Jantje Spicht, en haar var-

ken, Lolly. Ze dacht heel vaak

aan die twee. Misschien

kwam dat wel – al besefte de

prinses dat niet – omdat zij ervoor gezorgd hadden dat

de prinses een heel stuk aardiger geworden was.

Vroeger was prinses Paulien een heel egoïstisch, bru-
taal en koppig meisje, dat vreselijk verwend werd door
haar vader en erg vervelend was tegen iedereen. Voor
haar achtste verjaardag had ze een dier willen hebben,
niet zomaar een huisdier, maar een varken.

Het varken dat ze had uitgekozen was van een heel
arme jongen, Jantje Spicht. Het heette 'Lolly'. Jantje had
zijn varken allerlei knappe kunstjes geleerd. Hij had
haar zelfs geleerd zindelijk te zijn in huis, of beter gezegd in het paleis, want de prinses was vastbesloten dat

Lolly hetzelfde behandeld moest worden als een ander huisdier en aan haar voeteneind moest slapen.

Koning Theodorius gaf zijn dochter altijd haar zin. Koningin Edelwina was moeilijker over te halen, maar ook zij bezweek voor Lolly toen Jantje het varken leerde op het commando 'Wroet' de koninklijke rozenperken los te woelen met haar snuit. Als hij zei: 'Ga je gang!' legde ze een hoopje varkensmest aan de voet van de rozenstruiken.

Net zo belangrijk, voor de koningin tenminste, was dat het varken perfect zindelijk was in het paleis, en Jantje Spicht kreeg een baantje als assistent-tuinman en daarbij een klein huisje.

Terwijl de koning zat te denken aan zijn ontbijt, de koningin aan rozen en de prinses aan Jantje, zat Jantje in zijn huisje te denken aan zijn varken.

Het is nu háár varken, dacht hij, dat weet ik in mijn hoofd, maar in mijn hart blijft Lolly altijd van mij. Misschien kan ik het het beste zo zien: Paulien denkt dat ze

van haar is en ik denk dat ze van mij is, dus is ze van ons twee.

Jantje was geen opschepper, maar hij wist dat het aan hem te danken was dat prinses Paulien van een verwend nest veranderd was in een aardig meisje waarop hij erg dol geworden was.

Ze zou eigenlijk naar school moeten, dacht hij, zodat ze iets leert. Ik ben nooit naar school geweest. Het weinige dat ik weet, heb ik mezelf geleerd. Ik zal wel nooit een bolleboos worden.

Toen hij aan bollebozen dacht, moest hij op de een of andere manier aan rozen denken (daar weet ik wél alles van, zei hij lachend tegen zichzelf) en hij liep de tuin in om aan het werk te gaan. Ik vraag me af of Paulien wel goed kan lezen. Ze heeft een juf nodig.

Op dat moment kwam koningin Edelwina door haar tuindeuren naar buiten. Ze liep over een pad naar het perk waarin Jantje aan het werk was. Wat een fantastische jongen is het toch, dacht ze, hij is al aan het doen wat ik hem wilde gaan vragen.

'Goedemorgen, Jantje', zei ze.

Jantje krabbelde overeind.

'Goedemorgen, majesteit', antwoordde hij.

'Als je hiermee klaar bent,' zei de koningin, 'zou je dan Lolly naar de rozenperken kunnen brengen? Het is goed als de grond weer eens losgemaakt wordt.'

'Ja, mevrouw', zei Jantje.

Lolly is ideaal voor rozen, dacht hij. Ze verzorgt ze met haar voorkant en bemest ze met haar achterkant.

Zou ik dat zo tegen Hare Majesteit kunnen zeggen?
Nee, misschien beter van niet.

'Ik ben net een nieuw boek over rozen aan het lezen, Jantje', zei koningin Edelwi-
na. 'Wil je het van me lenen als ik
het uit heb?'

'Erg vriendelijk van u, mevrouw,' zei Jantje, 'maar ik
heb nooit leren lezen.'

'Wat!' zei de konin-
gin. 'Wat erg voor
je! Lezen is zó be-
langrijk.'

Dit is mijn kans, dacht Jantje. Ze is nu in een goed humeur. Ik zal eens een kansje wagen.

'Prinses Paulien kan vast heel goed lezen, mevrouw', zei hij.

Nou-nou, dacht de koningin, een slim ventje, die jongen. Eens luisteren wat hij te vertellen heeft.

'Eigenlijk is Hare Koninklijke Hoogheid niet zo geïnteresseerd in boeken', antwoordde ze.

'O nee?' zei Jantje. 'Ik ben natuurlijk nooit naar school geweest.'

'De prinses eigenlijk ook nog niet', zei de koningin.

Ze keken elkaar aan.

'Wat zou jij zeggen, Jantje?' vroeg de koningin.

'Ik', zei Jantje, 'vind dat ze een juf nodig heeft.'

Even later stormde koningin Edelwina de grote eetkamer binnen waar koning Theodorius nog steeds aan de grote tafel zat en net de laatste hap van zijn tweede portie roerei op toast naar binnen werkte.

'Theo!' riep de koningin.

'Ja, Wien?' zei de koning, waarna hij haastig slikte en met zijn servet zijn mond afveegde.

'Ik zat te denken aan Paulien. En ik heb een besluit genomen.'

'Ja, Wien?' zei de koning.

'Ze heeft een gouvernante nodig.'

Intussen had Lolly in de kinderkamer een probleem. Ook al was ze zindelijk, het werd al wat later en ze was die ochtend nog niet in de tuin geweest.

Eigenlijk had prinses Paulien haar allang moeten uitlaten, maar die zat een beetje te dagdromen over haar twee vriendjes. Misschien denkt Jantje nog steeds dat Lolly van hem is, zei ze tegen zichzelf, maar dat is niet zo. Ze is van mij. Misschien kan ik het het beste zo zien: ze is van ons tweeën.

Plotseling merkte ze dat het varken naast haar stond. Ze hoorde gesnuif en voelde een duwtje.

'Wat is er aan de hand, Lolly?' vroeg de prinses, terwijl ze in de heldere, slimme oogjes van het varken keek en iemand zag die helemaal niet zo veel anders was dan zijzelf.

Als antwoord trippelde Lolly naar de deur van de kinderkamer.

'O, sorry!' riep de prinses. 'Jij wilt naar buiten, hè?' Als antwoord gaf het varken een kort, hoog knorretje dat, zoals haar baasjes wisten, 'ja' betekende.

Vlug deed prinses Paulien de deur van de kinderkamer open en de prinses en het varken renden naar de deur aan het eind van de gang, die uitkwam in de tuin.

'Ga je gang!' zei de prinses.

Jantje keek op van zijn werk en zag Lolly naar de rozenperken rennen.

Als ze klaar is, dacht hij, kan ik haar het best meteen aan het werk zetten. Dus wachtte hij tot ze alles gedaan had wat gedaan moest worden en riep toen de prinses.

'Paulien!' riep hij. 'Je moeder wil dat Lolly de rozenperken losmaakt. Kun jij zorgen dat ze daarmee begint, terwijl ik verder ga met wieden?'

'Okido, hertog Jan', riep prinses Paulien.

Jantje sprak de prinses niet meer aan als 'Uwe Koninklijke Hoogheid' (omdat ze hem dat gevraagd had)
en de prinses noemde haar vriendje vaak 'hertog Jan'
(omdat koning Theodorius gezegd had dat hij Jantje
hertog zou maken, al was hij dat na een poos weer vergeten).

Nu zei de prinses tegen Lolly: 'Wroet!' en het varken
begon met haar snuit de aarde los te woelen.

'Dank je, Paulien!' riep Jantje. 'Ik ben zo klaar met de
rozen.'

Op de een of andere manier deden de rozen hem weer denken aan bollebozen, en hij zei: 'Lolly kan wel in haar eentje werken. Ga maar een boek lezen als je wilt.'

'Ik heb geen zin om te lezen. Lezen is stom', antwoordde de prinses.

Wacht maar, zei Jantje Spicht tegen zichzelf. Ik heb je moeder verteld wat ik denk dat jij nodig hebt. Die zal het wel tegen je vader verteld hebben en die doet alles wat je moeder hem vertelt. Voordat jij er erg in hebt, leer jij lezen. Van een juf. Ik vraag me af wat dat voor iemand zal zijn.

'Je dochter heeft een eigen willetje'

HOOFDSTUK
TWEE

Vroeger, dat wil zeggen voordat Jantje
Spicht en het varken Lolly er waren,
zou het de koning en de koningin
niet gelukt zijn prinses Paulien
ervan te overtuigen dat ze
een gouvernante nodig
had.

'Nee!' zou ze geschreeuwd hebben en daar
zou het bij gebleven zijn.

Maar nu, zeiden de koning en de koningin tegen elkaar, was hun dochter een heel ander kind. Ze zou ze-

ker het nut inzien van een gouvernante. Ze stuurden een dienaar om de prinses te halen.

Hij vond haar in de tuin, spelend met haar varken.

'Excuseert u me, Koninklijke Hoogheid', zei de lakei. 'Hunne Majesteiten zouden u graag willen spreken. In de koninklijke salon.'

'Goed', zei de prinses. 'Zeg maar dat ik eraan kom.'

Ze streelde Lolly nog eens over haar rug, vertelde haar hoe mooi ze was en liep toen naar binnen

via de tuindeur (waarin een speciaal varkensluikje zat voor Lolly). Het varken volgde haar en veegde zorgvuldig haar pootjes op de mat, zoals ze geleerd had. Toen liep ze achter prinses Paulien aan naar de salon.

Toen de koning, die op een stoel zat, haar zag, stond hij op en de koningin, die had gestaan, ging zitten.

'Goedemorgen, lieverd', zeiden ze precies tegelijk.

'Morgen mammie, morgen pappie', zei de prinses. 'Wat is er?'

'Vertel jij het haar maar, Theo', zei de koningin.

'Nee, vertel jij het haar maar, Wien', zei de koning.

'Mij wát vertellen?' vroeg de prinses.

'Nou,' zei de koningin, terwijl ze vriendelijk naar haar dochter lachte, 'nu je zo groot en verstandig en beleefd wordt, dachten pappie en ik dat het tijd werd dat je iemand kreeg om je te helpen.'

'Mij helpen?' zei de prinses. 'Helpen bij wat?'

'Om van alles te leren', zei de koning breed lachend tegen zijn dochter. 'Lezen en schrijven en rekenen. Wij

dachten dat je het leuk zou vinden als iemand je van alles leert.'

'Wij dachten dat je een gouvernante nodig hebt', zei
de koningin. 'Wat vind je daarvan?'

Even was het stil. De koning en de koningin zagen
dat hun dochter haar wenkbrauwen fronste. O nee,

dachten ze alle twee, zou het weer zo gaan als vroeger?
Ze wachtten met ingehouden adem tot hun dochter
'Nee!' schreeuwde, of op een andere manier liet merken
dat ze het volstrekt niet eens was met dit voorstel.

Wat ze niet verwacht hadden, was dat de prinses helemaal geen antwoord gaf op de vraag van haar moeder.

Ze keek naar haar varken, dat nog steeds naast haar stond.

'Een gouvernante, dat is een juf, Lolly', zei de prinses. 'Vind je dat een goed idee?'

Lolly richtte haar hoofd omhoog en keek het meisje in de ogen. Toen keek ze naar de koning. Toen keek ze naar de koningin. Toen gaf ze het korte, hoge knorretje dat 'ja' betekende.

De prinses keek haar bezorgde ouders aan.

'Ik zal er eens over denken', zei ze.

Toen liep ze de salon uit, gevolgd door het varken, en ging terug naar de tuin, waar Jantje hard aan het werk was.

'Je raadt het nooit', zei ze tegen hem. 'Ze willen dat ik een juf krijg.'

'O ja?' zei Jantje.

'Ja', zei de prinses. 'Stel je voor, dan moet ik naar school.'

'Boffer', zei Jantje.

'Boffer?'

'Ja. Ik ben nooit naar school geweest, maar jij kunt van alles leren. Vooral als je een goede juf krijgt. Je boft echt, Paulien.'

'Mm', zei de prinses. Ze dacht even na. 'Zal ik jou eens wat vertellen, Jantje', zei ze. 'Jij kunt ook naar school komen.'

'Ik weet niet of je vader en moeder dat wel goed vinden', zei Jantje.

'Zeker wel,' antwoordde prinses Paulien, 'want ik ga ze vertellen dat ik alleen maar zo'n ouwe juf wil als jij ook naar school mag. Dan vinden ze het wel goed, hè Lolly?' En het varken knorde: 'Ja.'

Natuurlijk vonden de koning en de koningin het goed dat Jantje Spicht ook naar school ging. Ze beseften alle twee dat het heel onverstandig zou zijn om nee te zeggen en dus gaf koning Theodorius meteen maar een Koninklijk Bevel: Sollicitanten voor de baan als Prinsesse-

lijke Gouvernante dienden
zich te melden op het paleis.

Bij prinses Pauliens achtste verjaardag had in het grote park een lange
rij varkens gestaan, waaruit de prinses er
eentje kon kiezen. Nu kwam een lange rij
vrouwen naar het paleis voor een sollicitatiegesprek
met de koning en de koningin.

Er kwamen grote dames en middelgrote dames en
kleine, lange, korte, dikke en dunne dames, die allemaal
wel Prinsesselijke Gouvernante wilden worden.

Uiteindelijk kozen de koning en de koningin juffrouw
Knoers, een gepensioneerde schooljuf. (Of eigenlijk

koos de koningin haar en was de koning het ermee eens.)

Juffrouw Knoers was een lange, magere vrouw met staalgrijs haar en een puntneus, zodat ze wel wat leek op een vogel met lange poten.

De kinderkamer van de prinses werd in een mum van tijd omgedoopt tot klaslokaal en er stonden nu, op verzoek van juffrouw Knoers, drie lessenaars (een grote

voor de juf en twee kleine lessenaars voor de kinderen) en een schoolbord.

Er lagen een voorraadje krijt voor het bord, papier en potlood voor de kinderen en aan de muren hingen een wereldkaart, een grote plaat met alle letters van het alfabet en een plaat waarop alle cijfers van één tot honderd stonden.

Alles stond nu klaar voor de eerste schooldag.

Die begon niet al te best.

Juffrouw Knoers zat aan haar grote lessenaar te wachten op de komst van haar koninklijke leerling, toen de deur van de klas openging en de prinses binnenkwam, samen met een jongen met hele lange benen.

'Goedemorgen, Paulien', zei juffrouw Knoers. En tegen Jantje zei ze: 'Wil je alsjeblieft de deur dichtdoen?'

'Momentje', zei de prinses. 'We zijn er nog niet allemaal.' En toen kwam er een varken de klas in lopen, op hele korte beentjes.

Juffrouw Knoers slaakte een scherpe kreet.

'Een varken!'

riep ze.

'Een tien!' zei Paulien. 'Goed zo!'

'Weg met dat varken. Ik kan niet tegen varkens', schreeuwde de Prinsesselijke Gouvernante.

'Geeft niet,' zei Paulien, 'maar als Lolly weg moet, gaan wij ook weg. Eentje eruit, allemaal eruit!'

Wie eruit ging was juffrouw Knoers, met haar ogen vol afschuw gericht op het varken, alsof het een tijger was die haar als een lekker hapje zag.

'Dom mens', zei prinses Paulien. 'Vind je niet, hertog Jantje?'

'Ik vind dat je wel wat hard voor haar was', antwoordde Jantje Spicht. 'Nu neemt ze misschien wel ontslag.'

'Des te beter', zei de prinses.

'Maar Paulien,' zei Jantje, 'niet alleen jij hebt een juf nodig. Ik ook, weet je nog?'

Hij keek naar Lolly.

'En jij ook, hè, Lolly?' Als antwoord liet het varken

een stroom korte, hoge 'ja'-knorretjes horen.

Intussen was juffrouw Knoers bij de koning en de koningin gearriveerd.

'Uwe Majesteiten!' schreeuwde ze. 'Paulien heeft een varken in mijn lokaal meegenomen!'

'Nou ja, het is háár varken', zei de koning.

'Maar', zei de koningin, 'het is niet noodzakelijk úw lokaal, als u het gepast vindt onze dochter met haar voornaam aan te spreken. U mag de jongen "Jantje" noemen en het varken heet "Lolly", maar misschien wilt u er in de toekomst aan denken onze dochter "prinses Paulien" te noemen of zo u wenst "Koninklijke Hoogheid".'

De mond van juffrouw Knoers viel open, maar er kwam geen geluid uit.

'En nu', zei de koningin, 'kunt u weer aan het werk gaan.'

Ze spoedde zich de kamer uit.

'Mijn excuses voor dit alles,' zei de koning, terwijl hij zich gereedmaakte zijn vrouw te volgen, 'maar maakt u zich maar geen zorgen over het varken. U raakt er wel aan gewend.'

'O nee', zei juffrouw Knoers met verstikte stem. 'Ik neem ontslag. Nú.' En ook zij spoedde zich de kamer uit.

Koning Theodorius begaf zich naar het klaslokaal, waar hij zijn dochter en Jantje Spicht aantrof achter hun lessenaar en Lolly op de grond.

'Waar is dat ouwe mens Knoers gebleven, pappie?' vroeg Paulien.

'Ze heeft ontslag genomen.'

'Mooi zo', zei de prinses. 'Ik vond haar niet aardig en ik denk Jantje ook niet en ik weet zeker Lolly ook niet: ze liet steeds die lange, diepe knor horen die "nee" betekent.'

'Je dochter heeft een eigen willetje', zei de koning later tegen zijn vrouw.

'Van wie zou ze dat toch hebben?' vroeg de koningin.

'Van mij?' zei de koning hoopvol.

'Als je dat gelooft,' zei de koningin, 'geloof je waarschijnlijk ook dat het varkens kan regenen. Zorg dat dat kind een nieuwe gouvernante krijgt, Theo, en snel een beetje.'

'Hij is een soort tovenaar'

HOOFDSTUK DRIE

Een nieuwe gouvernante, dacht de koning. Er eentje krijgen is geen probleem, haar houden wel. Stel je voor dat Paulien de volgende ook weer op de kast jaagt. Wat moet ik doen? Wie kan me helpen? Ik weet het al! Jantje!

Door hem is Paulien veranderd van een eersteklas verwend nest in een vrolijk kind. Zou hij haar ook zover kunnen krijgen dat ze het de volgende gouvernante niet zo moeilijk maakt? Als hem dat lukt, maak ik hem hertog.

'O verdorie!' zei koning Theodorius luid. 'Ik was helemaal vergeten dat ik die jongen al beloofd heb hem hertog te maken en dat heb ik nog steeds niet gedaan.'

De prinses en de assistent-tuinman waren net de moestuin aan het wieden toen een dienaar Jantje kwam vertellen dat hij bij de koning moest komen.

Het wieden ging heel makkelijk, omdat Lolly voorop liep te wroeten. Ze maakte de grond los en at alle onkruid op dat ze lekker vond, maar ze deed het heel voorzichtig, om de prei- en bloemkool- en spruitjesplanten niet kapot te maken (zoals Jantje haar verteld had).

'Je vader heeft me geroepen', zei Jantje tegen de prinses. 'Kun je even alleen verder gaan? Ik denk dat ik zo weer terug ben.'

'Oké', zei de prinses. 'Lolly heeft heel hard gewerkt, ze mag wel even uitrusten. Ze vindt het fijn om op dat braakliggende stukje grond, daar in het hoekje, te wroeten. Volgens mij is het onkruid daar lekker, hè Lolly?'

En het varken knorde: 'Ja.'

'Het spijt me verschrikkelijk', zei de koning toen Jantje binnenkwam. 'Ik was helemaal vergeten dat ik je hertog zou maken. Hertog van… Ja, waar zou je eigenlijk hertog van willen worden?'

'Dat kan me eigenlijk niet zoveel schelen', zei Jantje. 'Ik ben zo ook gelukkig. Wilde u me daarover spreken?'

'Nou, nee,' zei de koning, 'eigenlijk wilde ik eens met je praten over die kwestie van die gouvernantes. Nu juffrouw Knoers de benen genomen heeft vanwege het varken moet ik op zoek naar iemand anders.'

'Het kan ook een man zijn', zei Jantje. 'Liefst iemand die van varkens houdt, maar hij moet ook een beetje oppassen.'

'Hoe bedoel je?' zei de koning.

'Nou,' zei Jantje met een grijns, 'hij moet op zijn woorden passen en mag de prinses niet gewoon Paulien noemen, zoals juffrouw Knoers deed.'

Koning Theodorius grijnsde terug. 'Jij noemt haar toch ook niet "Koninklijke Hoogheid"?'

'Nee, maar wij zijn vrienden. Welke persoon u ook kiest, of het nu een man of vrouw is, Paulien moet hem of haar aardig vinden.'

'Zeg, Jantje,' zei de koning, 'denk je dat jij iemand kunt vinden? Als het je lukt, maak ik je prins.'

Nog voordat Jantje kon antwoorden, vloog de deur open en kwam prinses Paulien naar binnen gerend.

'Jantje', riep ze. 'Kom snel! Er is iets mis met Lolly!' En weg rende ze weer.

'Ga maar, Jantje', zei de koning. 'Ga haar maar achterna.'

In de moestuin vond Jantje zijn varken – Pauliens varken, hun varken – liggend op haar zij boven op een rij koolplanten. Ze had haar ogen dicht en ademde zwaar.

'Ze ging naar dat stukje

met onkruid', vertelde de prinses, 'en na een tijdje kwam ze terug, ze gromde en viel neer. "Voel je je wel goed?" vroeg ik en ze liet haar "nee"-knorretje horen. O, wat is er met haar aan de hand?'

Jantje knielde naast Lolly neer. Hij praatte tegen haar, vroeg wat er aan de hand was, maar ze antwoordde alleen maar met kleine piepjes van de pijn.

'Ik denk dat ze koorts heeft', zei hij.

'Wie kan haar helpen?' huilde Paulien.

'Ik ken maar één iemand', antwoordde Jantje. 'Tobias Tob.'

'Tobias Tob? Wie is dat?'

'Hij is een soort tovenaar. Ze zeggen dat hij toverkracht heeft en die gebruikt hij meestal om zieke dieren weer beter te maken.'

45

'Ken je hem?'

'Ja. Het is een heel grappig mannetje.'

'Het kan me niet schelen hoe hij eruitziet,' zei Paulien, 'als hij Lolly maar beter kan maken. Kun je hem halen?'

'Ik hoop het', zei Jantje. 'Blijf jij bij Lolly en praat met haar. Dat zal je troosten, hè Lolly?' En ditmaal knorde het varken bij het geluid van zijn stem zwakjes: 'Ja.'

Urenlang, zo leek het wel, zat de prinses naast haar varken. Ze aaide en streelde haar en zei tegen haar dat ze zich geen zorgen hoefde te maken. Alles zou goed komen, Jantje zou de tovenaar halen en hij zou haar weer beter maken.

De koning en de koningin kwamen de tuin in gelopen om te zien wat er aan de hand was en al snel stond er een grote kring kijkers rond de prinses en Lolly.

Naarmate het nieuws zich verspreidde, kwam de opperkamerheer naar buiten, de penningmeester van de koninklijke huishouding en de opperstalmeester, een paar kamerdames en een heleboel lakeien.

Allemaal wisten ze hoe belangrijk het varken was voor het geluk van de prinses, en hoe belangrijk het geluk van de prinses was voor Hunne Majesteiten, en allemaal hoopten ze vurig dat Jantje de tovenaar zou vinden.

Toen – na wat voor de prinses wel een eeuw leek maar in werkelijkheid minder dan een uur was – kwam het bericht dat Jantjes zoektocht geslaagd was. Hij was onderweg en de koning beval (op last van de koningin) het paleispersoneel weer aan het werk te gaan.

Zodat alleen koning Theodorius en koningin Edelwina en prinses Paulien Jantje Spicht de tuinen in zagen komen, gevolgd door een uiterst vreemde figuur.

De tovenaar was nauwelijks langer dan de prinses en hij had een lange baard, zodat het leek alsof hij er elk moment over kon struikelen. Hij had vreemde kleren aan in allerlei kleuren en op zijn hoofd had hij een heel vreemde hoge hoed zonder rand. 'Ik ben Tobias Tob de tovenaar', zei hij met krakende stem tegen de koning, 'en als Uwe Majesteit het goed vindt, kom ik het varken van Uwe Majesteit genezen.'

'Natuurlijk vind ik dat goed,' zei de koning, 'maar het varken is niet van mij, het is van mijn dochter. Wat denkt u dat er met haar aan de hand is?'

De kleine tovenaar knielde neer naast het varken en legde zijn handen op haar borst om haar hartslag te

voelen. Toen kwam hij weer overeind en zei tegen prinses Paulien: 'Mag ik u vragen, Koninklijke Hoogheid, hoe uw varken heet?'

'Lolly', antwoordde de prinses.

'Koninklijke Hoogheid,' zei de tovenaar, 'ik moet u meedelen dat Lolly erg ziek is.'

'Wat is er met haar aan de hand?' huilde de prinses.

'Ik denk dat ze de een of andere giftige plant gegeten heeft', zei de tovenaar. 'Dodelijke nachtschade misschien of dollekervel. Ze heeft hoge koorts.'

'O, alstublieft!' huilde de prinses. 'Kunt u haar beter maken?'

De tovenaar glimlachte.

'Eén ding is zeker', zei hij. 'Als Tobias Tob haar niet beter kan maken, dan kan niemand het.'

'Ik maak u hertog'

HOOFDSTUK VIER

'Kunnen wij u helpen?'
vroeg koningin Edel-
wina.

'Dat is zeer
vriendelijk aange-
boden van
Uwe Majes-
teit', begon de tove-
naar.

'Dit is een spoedgeval',
zei de koningin, 'en we moeten snel optreden. Laat al
dat majesteitgedoe maar zitten.'

Bij die laatste woorden keek de koning verbaasd op
en gaf Jantje Spicht en de prinses een knipoogje.

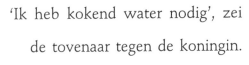

'Ik heb kokend water nodig', zei de tovenaar tegen de koningin. 'Kunt u de ketel op het vuur zetten?'

'Kan ik ook iets doen?' vroeg koning Theodorius.

'Ik heb een grote kan en een flinke schaal no-dig', zei Tobias Tob, en weg waren de koning en de koningin naar de Koninklijke Keukens.

'En wij?' vroegen de prinses en Jantje Spicht in koor.

'Jullie twee kunnen alles halen wat ik nodig heb om een drankje te maken', zei de tovenaar.

'Een toverdrankje?' vroeg de prinses.

De tovenaar glimlachte.

'We zullen zien', antwoordde hij. 'Ik heb de volgende dingen nodig. Het eerste en allerbelangrijkste, Jantje –

en ik vraag jou om het te gaan halen, want jij bent tuinman – is een grote bos moederkruid.'

'Wat is dat, meneer Tob?' vroeg Jantje.

'Dit is een spoedgeval', zei de tovenaar, 'en we moeten snel optreden. Laat dat meneer-Tob-gedoe maar zitten.' En hij grinnikte met glinsterende, blauwe oogjes. 'Moederkruid, Jantje, is een plant van de margrietenfamilie, familie van kamille en heel goed tegen de koorts. Ik zag toevallig wat planten staan bij de poort. En als je die toch gaat halen, breng dan ook wat blaadjes spinazie, een stronkje broccoli en een grote paardebloem mee. Zo snel als je kunt!'

'En ik?' vroeg prinses Paulien.

'Ik heb twee eieren nodig', zei de tovenaar. 'Een bruin en een wit, een eierdopje, lichtgezouten mosterd en het sap van een citroen. Breek de eieren in een kom en roer er de rest doorheen. Weg jij!'

Toen hij alleen was met Lolly, die nog steeds luid en zwaar ademde, tilde de tovenaar een van haar grote oren op en sprak er zachtjes in. Iemand die zijn woorden gehoord had, zou ze niet begrepen hebben, want hij sprak in een vreemde taal, maar het varken knipperde met zijn oogleden en gaf een klein knorretje, dat misschien wel 'ja' betekende.

Zodra iedereen terug was met alles wat de tovenaar nodig had, begon hij zijn drankje te brouwen.

In de ruime schaal die koning Theodorius had meegebracht, gooide hij het mengsel van prinses Paulien. Toen haalde hij uit een tas die hij bij zich had een grote schaar en een houten lepel. Hij knipte de paardebloem, de broccoli, de spinazie en de grote bos moederkruid van Jantje fijn en deed ze bij het mengsel.

Ten slotte nam hij van koningin Edelwina de ketel met kokend water aan en goot het erbij. Met de houten lepel roerde en roerde en roerde hij in de dikke, groene massa.

55

'Nu moeten we wachten tot het een beetje is afgekoeld', zei hij.

'Maar hoe geef je het haar?' vroeg de prinses. 'Ze kan
niet eens opstaan, hoe moet ze het dan drinken?'

Als antwoord haalde de tovenaar uit zijn tas een
trechtertje en een stuk rubberen slang. Hij maakte ze
aan elkaar vast, stak het uiteinde in Lolly's mond en
duwde het voorzichtig verder totdat hij zeker was dat
het in haar keel stak.

Nadat hij gecontroleerd had of het mengsel voldoen-
de was afgekoeld, tilde hij de schaal op (met hulp van
de koning, want ze was zwaar). Samen hielden ze de
schaal schuin om de inhoud langzaam over te gieten in
de grote kan en van daaruit in de trechter en zo in de
slang en dus in het varken, tot de hele schaal leeg was.

Toen trok de tovenaar voorzichtig de slang terug.
Eerst leek het drankje niet te werken. Lolly lag nog
steeds met haar ogen dicht op haar zij. Nog steeds
hoorden ze haar zwaar en moeilijk ademen. Paulien en

Jantje duimden op een goede afloop. De koning en de koningin hielden elkaar stevig bij de hand.

Maar toen, tot verbazing van de koninklijke familie en Jantje, werd de ademhaling van het varken rustiger. Lolly knipperde met haar oogleden. Toen opende ze langzaam één oog. Ten slotte – en zeer luid – liet Lolly een gigantische boer.

'Zo meteen is ze weer helemaal de oude', zei de tovenaar. 'Kom Lolly, sta maar op!' En ze stond op!

'O Lolly!' riep de prinses. 'Ben je weer beter, lieverd?'

Waarop het varken luid en duidelijk 'ja' knorde, zich uitschudde en iedereen op zijn beurt met haar heldere oogjes aankeek. Ze keek bijzonder dankbaar naar de korte gestalte van Tobias Tob, die door de koning juist hartelijk de hand werd geschud.

'Fantastisch!' zei koning Theodorius. 'U bent een echte tovenaar, meneer Tob! Ik maak u hertog!'

Jantje Spicht fluisterde de tovenaar zachtjes in het oor: 'Daar zou ik maar niet op rekenen, als ik u was.'

'Vogelpoep, slakkenslijm en geplette muizen- keutels'

HOOFDSTUK VIJF

'U hebt Lolly's leven gered', zei de koning.

'Ik wil u betalen voor uw diensten. Wat zijn we u schuldig?'

'Geen dank, het is goed zo', zei de tovenaar. 'Ik ben blij dat ik iets heb kunnen doen. Het zou een drama zijn geweest als u zo'n prachtig, jong varkentje verloren zou hebben. Ze zal opgroeien tot een prachtige zeug. Ik zie haar al voor me, met een nest lieve, kleine biggetjes.'

Toen hij dat zei, glimlachte de koning breed, Jantje grinnikte van plezier en prinses Paulien maakte een sprongetje van opwinding. Zelfs het varken liet een hele reeks hoge knorretjes horen om te laten merken dat de voorspelling van de tovenaar haar wel beviel.

Alleen de koningin keek twijfelend. Hoe dol ze inmiddels ook was op het huisdier van haar dochter, ze schrok terug voor de gedachte dat er negen of tien mini-Lolly's rondom het paleis zouden dartelen.

Ze pakte de waterketel.

'Laten we thee gaan drinken', zei ze en beende weg, met de tovenaar achter haar aan.

De koning pakte de grote kan, de ruime schaal en de kleine kom waarin Paulien het mengsel voor de drank had gebracht.

'Komen jullie?' zei hij tegen de twee kinderen.

'Nee, papa', zei de prinses. 'Ik blijf bij Lolly. Ga jij maar als je wilt, Jantje.'

'Nee,' zei Jantje, 'ik blijf bij je.'

Toen de koning en de koningin en de tovenaar aan de koninklijke eettafel thee zaten te drinken, bood koning Theodorius nog een keer aan de tovenaar te betalen voor zijn behandeling van het varken, maar deze was onvermurwbaar.

'Nee,' zei hij, 'dank u vriendelijk. Ik behandel allerlei dieren voor allerlei mensen, maar ik breng nooit iets in rekening voor mijn diensten, want de meeste mensen die mijn hulp inroepen zijn arm.'

'Wij zijn niet arm', zei de koningin.

'Nee, mevrouw, maar ik neem nooit geld van iemand aan. Wat ik wél aanneem, van degenen die het zich kunnen veroorloven, is betaling in natura: een paar pond aardappels misschien of een bos brandhout of een stuk of tien eieren.'

'Hoe moeten we dan onze dank laten blijken?' vroeg de koningin.

Wat een vreemd mannetje is het toch, dacht ze, met zijn krakende stem, zijn kleurige kleren en zijn rare hoed.

'Nou, mevrouw,' zei de tovenaar, 'Uwe Majesteiten zouden mij een plezier kunnen doen en dat is dat ik zo nu en dan mag terugkomen om te zien of Lolly het goed maakt, uw dochter nog eens te ontmoeten en nog

eens die prachtige tuin met rozen – mijn lievelingsbloe-
men – te bewonderen waar we net langskwamen.'

Wat een aardig mannetje,

dacht de koningin.

'Mag ik vragen hoe u zulke prachtige bloemen krijgt?'
vroeg Tobias de tovenaar. 'Wat is het geheim van uw
succes?'

'Varkensmest', zei de koningin.

'Prima!' kraste de tovenaar. 'Sommige rozenkwekers
geven de voorkeur aan paardenmest, maar volgens mij
is varkensmest het beste. O ja, nu we het er toch over
hebben, ik zag dat uw rozenstruiken last hebben van
sterroetdauw, de plaag van alle rozenkwekers.'

'Inderdaad', zei de koningin. 'We weten niet wat we er tegen doen moeten. We zijn er erg bezorgd over.'

'Maakt u zich geen zorgen meer', zei de tovenaar.

'Hoezo? Kunt u er iets tegen doen?'

'Jazeker, mevrouw. Als u het goed vindt, behandel ik de aangetaste bladeren met een speciaal papje dat ik zelf heb uitgevonden, een mengsel van vogelpoep, slakkenslijm en geplette muizenkeutels.'

'Dan moet u zeker zo snel mogelijk terugkomen naar mijn rozentuin, meneer Tob', riep de koningin. 'Kom zo vaak u kunt terug bij ons en de kinderen!'

'En het varken', voegde de koning toe.

Wat een knap mannetje is het toch, dacht hij.

'U hebt ook overal verstand van', zei hij. 'Eerst maakt u het varken beter en nu maakt u de rozen van mijn vrouw weer in orde. Kunt u nog meer voor ons doen?'

'Dat hangt ervan af', zei de tovenaar. 'Heeft Uwe Majesteit onlangs nog andere problemen gehad?'

'Jazeker!' zei de koning. 'Nu ik eraan denk... ik heb zeker een probleem. We hebben een gouvernante nodig.' En hij vertelde de tovenaar alles over juffrouw Knoers, die zojuist de benen genomen had.

'U kent waarschijnlijk ook geen vrouw die geschikt zou zijn voor die baan?' vroeg hij.

De kleine tovenaar gaf niet meteen antwoord, maar keek koning Theodorius en koningin Edelwina nadenkend aan.

Wat een aardige mensen
zijn het toch, dacht hij.

Ik geloof dat ik die twee kinderen een heleboel kan leren. Het is leuk om het te proberen.

'Moet het een vrouw zijn?' vroeg hij.

Grappig, dacht de koning, dat vroeg Jantje ook al.

'Nee,' antwoordde hij, 'het mag ook een man zijn. We hebben iemand nodig die de prinses leert lezen, schrijven en rekenen en al dat soort dingen.'

'En die jongen ook', zei de koningin.

'En het varken ook', zei de koning. 'Lolly is heel slim.'

'Dan ken ik wel iemand die het zou willen proberen', zei de tovenaar.

'O ja?' riepen de koning en de koningin tegelijk.

'Ja.'

'Wie dan?'

'Ik', antwoordde Tobias Tob.

'Wanneer kunt u beginnen?' riepen de koning en de koningin.

'Zeg maar gewoon Paulien'

HOOFDSTUK ZES

Toch duurde het nog een week voordat de nieuwe privé-leraar zijn entree maakte in de klas.

Eerst moest de tovenaar nog een paar zieke dieren

behandelen –

een paard met

maandagziekte,

een koe met

trommelzucht,

een paar schapen

met weke rug

en een geit met

uierontsteking –

en verder moest hij ook nog het mengsel van vogelpoep, slakkenslijm en muizenkeutels maken om de rozen van de koningin van sterroetdauw af te helpen.

Maar ten slotte kwam de dag dat de tovenaar, de
prinses en Jantje Spicht en het varken Lolly elkaar ontmoeten in het paleisschooltje.

Prinses Paulien was de eerste die iets zei.

'Hoe moeten we u noemen?' vroeg ze.

'Nou,' zei de tovenaar, 'zoals je weet, heet ik Tobias
Tob. Je zou me meneer Tob kunnen noemen, maar dat
vind ik niet zo vriendelijk klinken, dus waarom noem je
me niet gewoon "Tobias"?'

Jantje grinnikte, Lolly liet een knor horen die beslist
'ja' betekende en Paulien zei: 'Oké, Tobias. Dank je wel.'

'En hoe wil jij genoemd worden?' zei de tovenaar.
De prinses lachte. 'Zeg maar gewoon Paulien', zei ze.
'Zonder Koninklijke Hoogheid.'

'Prima', zei de tovenaar. 'Vandaag gaan we tellen. Zeg
eens, Paulien, met hoeveel zijn we hier in de klas?'

'Vier', zei de prinses.

'Hoeveel mensen, Jantje?'

'Drie.'

'Hoeveel meisjes, Paulien?'

'Twee.'

'Hoeveel volwassenen, Jantje?'

'Een.'

De tovenaar wendde zich tot Lolly. 'Hoeveel varkens?' vroeg hij en Lolly gaf een kort, hoog knorretje.

'Ik weet niet hoe jullie erover denken,' zei Tobias Tob, 'maar dit lokaal bevalt me niet zo. Hoe zouden jullie het vinden om buiten les te krijgen?'

'Jippie!' zeiden Paulien en Jantje en 'Knor!' zei Lolly.

Hoe kan hij buiten lesgeven, dachten de kinderen, zonder al die spullen die in de klas liggen?

Maar toen zei Tobias: 'Oké. We gaan op pad.'

'Waar gaan we naartoe?' vroegen ze.

'Naar de stad.'

'Waarom?'

'We gaan een beetje lezen', zei Tobias. 'Overal staan borden en ik leer jullie lezen wat erop staat.'

Zelfs in de paleistuin kwamen ze al bordjes tegen:

Verboden voor Onbevoegden

en

Geen Toegang

en

Verboden het grasveld te betreden

In de stad was er van alles te lezen: straatnamen, de namen van winkels en van de dingen die in die winkels te koop waren. Er waren ook een heleboel cijfers, zodat Paulien en Jantje aan het eind van de ochtend heel veel met letters en cijfers gewerkt hadden.

En Lolly? Die was in haar nopjes in de groentewinkel, want de groenteman wilde het varken van de prinses maar al te graag trakteren op fruit en groenten.

'Uit mijn hoofd gaat niets verloren'

HOOFDSTUK ZEVEN

Er was nog nooit zo'n leraar geweest als Tobias de tovenaar.

Maar hij had dan ook twee vlijtige leerlingen: Jantje Spicht, die het een feest vond om te leren lezen en schrijven, en de prinses, een bijdehante leerling, die het leuk ging vinden om verhaaltjes te lezen en zelfs eigen verhaaltjes begon te schrijven, in grote, duidelijk leesbare letters.

Paulien en Jantje kregen niet elke dag les, want soms moest de tovenaar een ziek dier behandelen, maar ze hadden ook niet zoveel lessen nodig als gewone kinderen, want het leek wel alsof ze de meeste dingen die de tovenaar hun leerde meteen onthielden. Als hij één keer iets vertelde, vergaten ze het nooit meer.

'Het lijkt wel toverkracht, hè hertog Jan?' zei de prinses na een paar weken tegen haar vriendje.

'Het moet wel toverkracht zijn', antwoordde Jantje. 'Het heeft vast te maken met dat versje van Tobias.'

Voor het begin van een schooldag – of ze nu gingen lezen, schrijven of rekenen of geschiedenis, aardrijkskunde of natuurkunde kregen – zeiden de prinses en Jantje samen plechtig het volgende versje op:

'De dingen die ik van de tovenaar leer,
onthoud ik al de allereerste keer.
Ik hoef ze zelden nóg een keer te horen,
Uit mijn hoofd gaat niets verloren.'

En de toverkracht werkte!

De koning en de koningin stonden versteld van alle dingen die de kinderen wisten, en zij niet.

Vooral prinses Paulien vond het leuk haar ouders te testen.

'Pappie', zei ze tegen de koning. 'Weet jij de datum van de lente-equinox?'

'Eh, nee', zei koning Theodorius. (Wat is een equinox? dacht hij.)

'Eenentwintig maart', zei zijn dochter. 'En de herfstequinox?'

'Mmm, eh, eenentwintig september misschien?' zei de koning.

'Nee, pappie, nee, drieëntwintig september.'

'Ik dacht dat je dat toch wel wist', zei de koningin met opgetrokken neus.

'Jij wist het wel hè, mammie?' vroeg Paulien.

'Dat weet toch iedereen', antwoordde koningin Edelwina.

'In dat geval', zei Paulien, 'weet je zeker ook wel wat
een equinox is?'

De koningin aarzelde.

'Nou, kom op, Wien', zei de koning. 'Dat weet toch
iedereen.'

'Een equinox', zei prinses Paulien, 'is een van de twee
momenten dat de zon precies boven de evenaar staat.

Dan zijn overal op aarde dag en nacht even lang. Oké mammie? Oké pappie?'

Wat Jantje Spicht betrof, omdat Tobias Tob wist dat de jongen geïnteresseerd was in tuinieren, gaf hij hem wat extra lessen over plantkunde en biologie. Daardoor werden de rozen van de koningin (die nu geen sterroetdauw meer hadden) nóg mooier en was Hare Majesteit nóg tevredener over haar assistent-tuinman.

Zo gingen de maanden voorbij, en de twee leerlingen gingen steeds meer weten over steeds meer dingen.

Wat Lolly betrof, zij leek steeds wijzer te worden.

Op een dag, toen de kinderen speelden en het varken en haar leraar lagen te rusten op het koninklijk grasveld (dat ze dus wel betreden hadden), zei de tovenaar tegen het varken, in haar eigen taal: 'Je bent een knappe meid, Lolly.'

Als antwoord kwam er een luide ja-knor.

'Het toverkruid moly'

HOOFDSTUK ACHT

Natuurlijk zijn er een heleboel dingen die mensen kunnen en varkens niet.

Maar behalve dat Lolly een heel intelligent varken was, had ze twee dingen voor op de kinderen, op de koning en de koningin en zelfs op Tobias Tob. Ze had een zeer scherp reukvermogen en ze had een snuit die bijzonder geschikt was om in de grond te wroeten.

Toevallig kwam er een dag waarop ze die twee gaven heel goed gebruiken kon.

Koning Theodorius maakte zich al enige tijd zorgen over zijn gewichtstoename: hij werd steeds ronder.

Op een dag had de koningin tegen hem gezegd: 'Echt waar, Theo, je wordt zo vet als een varken!'

Die opmerking was vrolijk bedoeld. Maar hoe meer de koning erover nadacht, des te vastbeslotener werd hij om te gaan lijnen.

Bij het ontbijt werd zijn gebruikelijke rantsoen van twee porties roerei op toast teruggebracht tot één portie.

Toen zei hij dat hij
geen toast meer wilde.

Toen zei hij dat hij al-
leen nog maar een ge-
kookt ei wilde.

Eigenlijk had hij steeds meer honger moeten krijgen nu
hij minder at. Maar dat was niet zo. Hoe minder hij at,
des te minder honger hij kreeg. Ten slotte zei hij op een
ochtend – tot grote zorg van de koningin – dat hij helemaal geen ontbijt meer wilde. Hij zat aan tafel met een
bleek (en veel dunner) gezicht.

Koningin Edelwina liet allerlei dokters komen, die de koning grondig onderzochten, zich op hun hoofd krabden en ten slotte moesten bekennen dat ze geen idee hadden hoe ze de koning zijn eetlust weer konden teruggeven.

De koningin liet haar man treurig aan de ontbijttafel zitten en ging de tuin in, waar ze Jantje Spicht aantrof. Hij was hard aan het werk, al regende het miezerig.

'Och, Jantje!' riep ze. 'Zijne Majesteit is helemaal niet in orde en geen enkele dokter weet wat hem scheelt. Als hij niet snel weer begint te eten, kwijnt hij helemaal weg. Wat moet ik doen?'

Net op dat ogenblik stak prinses Paulien haar hoofd uit het raam van de klas. 'Jantje', riep ze. 'Tobias zegt dat de lessen vanochtend binnen zijn vanwege de regen.'

'Ik kom eraan!' riep Jantje. Tegen de koningin zei hij: 'Mij lijkt, Uwe Majesteit, dat de koning een beetje toverkracht nodig heeft om hem weer beter te maken.'

'Toverkracht?' zei de koningin. 'Bedoel je…?' En ze wees naar het raam van de klas.

Jantje knikte.

Die ochtend bestonden de lessen slechts uit lezen, omdat Tobias de tovenaar door de koningin werd wegge-
roepen om de koning te onderzoeken, waarna de prinses achterbleef met haar neus in een boek over sterren-
kunde (wat ze verschrikkelijk leuk vond) en Jantje met
zijn neus in een boek met de titel *De waarde van ver-*
schillende soorten mest bij het vruchtbaar maken van tuinen
(iets wat hem geweldig interesseerde).

Lolly lag te dommelen in een stoel.

Toen de tovenaar terugkwam in de klas, sloegen de twee kinderen hun boek met een klap dicht.

'O, Tobias!' riep Paulien. 'Wat is er toch met pappie aan de hand, weet jij het?'

'Hij is zijn eetlust kwijt', zei de tovenaar. Hij aaide Lolly over haar hoofd. 'Dat overkomt varkens niet zo vaak', zei hij glimlachend.

'Kun je hem weer beter maken?' vroegen ze.

'Met een beetje hulp van iemand anders', antwoordde de tovenaar.

'Kom, Paulien en Jantje, jullie hebben lang genoeg gelezen. Het is tijd om even te pauzeren. Naar buiten jullie, spelen.'

Toen de kinderen weg waren, vroeg de tovenaar Lolly uit haar stoel te komen en voor het bord te gaan zitten. Hij nam een krijtje en tekende op het bord iets wat leek op een of andere plant, een vreemde plant met veerachtige bladeren en – onder een streep die hij op het bord trok – een vreemde, knolvormige wortel, niet

rond of langwerpig, zoals een aardappel, maar lang en krom, zoals een banaan.

Toen begon hij met Lolly te praten in varkenstaal, een vreemde mengeling van snuifjes, knorretjes en piepjes.

'Zie je die bladeren', zei hij tegen het varken, wijzend op het stuk tekening boven de streep, 'en deze wortel', wijzend op het deel eronder. 'Dit, Lolly, is een tekening van het toverkruid moly, een soort wilde ui. Ik neem je mee naar het bos om te zien of je er eentje voor me kunt vinden. Ik kan je niet precies vertellen hoe de plant geurt, omdat ik je geen exemplaar kan laten zien. Maar als je iets opgraaft dat ruikt als een ui en je komt erachter dat de wortel ervan de vorm van een banaan heeft, dan is dat een molyplant. Alleen moly kan de koning genezen.'

Die middag vroeg Tobias Tob aan de kinderen of ze zin hadden in een boswandeling.

'Het is prachtig weer', zei hij, 'en Lolly heeft wel zin in een beetje beweging. Wie weet vindt ze nog iets opwindends.'

'Hoe bedoel je?' vroeg de prinses.

'Zoals...?' vroeg Jantje.

'O, ik weet niet', zei de tovenaar, als altijd gekleed in zijn vreemde, kleurige kleren en met zijn hoge hoed zonder rand op zijn hoofd.

Hij glimlachte.

'Varkens kunnen goed zoeken. Je weet nooit wat Lolly vindt.'

Eenmaal in het bos gingen de twee kinderen, op voorstel van de tovenaar, verstoppertje spelen tussen de bomen.

'Dat is ook een leuk spelletje voor jou, Lolly', zei de tovenaar. 'Het molykruid heeft zich verstopt en jij moet zoeken. Denk je dat dit een goede plek is?' En het varken knorde: 'Ja.'

Een hele tijd liep ze snuffelend rond. Soms woelde ze planten los met haar snuit, maar ze vond niet wat ze zocht.

Net toen Tobias haar naar een ander deel van het bos wilde brengen, hoorde hij Lolly plotseling luid en opgewonden piepen. Ze was op een vreemde plant met veerachtige blaadjes gestuit.

Snel groef ze hem uit met haar sterke (en nu ook heel smerige) snuit en rukte hem uit de grond met wortel en al, een wortel die de vorm had van een banaan.

Ze nam de hele plant mee en legde hem voorzichtig voor de voeten van de tovenaar.

'Wat een knap varken ben je toch', zei hij. Luid riep hij: 'Paulien! Jantje!' Toen ze eraan kwamen rennen, nam hij de plant op en zwaaide ermee.

'Wat is dat?' vroeg de prinses.

En Jantje de tuinman zei: 'Wat een vreemde knol. Wat is dat voor plant?'

'Dit', zei Tobias Tob, 'is het toverkruid moly, dat die slimme Lolly voor ons gevonden heeft. Van de wortel kan ik een middeltje maken om iemand die zijn eetlust kwijt is die weer terug te geven.'

'Pappie!' riep prinses Paulien.

De tovenaar knikte.

'Kom', zei hij. 'We moeten vlug terug naar het paleis. Er is geen tijd meer te verliezen, want alleen deze moly kan je vaders leven redden.'

'Dan houden jullie tenminste op met zeuren'

HOOFDSTUK NEGEN

Met zijn vieren liepen ze het bos uit, de tovenaar met de moly in zijn hand, Paulien voor hem, Jantje achter hem en Lolly helemaal achteraan. Ze stopte af en toe om iets op te graven dat haar lekker leek en rende dan weer om hen in te halen.

'Pappie hoeft die rare wortel toch niet helemaal op te eten, hè?' vroeg de prinses.

'Nee', antwoordde Tobias. 'Dat zou hij trouwens toch niet doen, omdat hij helemaal geen eetlust meer heeft. Maar hij moet nog wel drinken. Iedereen moet drinken om in leven te blijven.'

'Dus u gaat een drank maken?' vroeg Jantje.

'Ja', zei de tovenaar. 'Thuis hak ik de wortel fijn. Dan stamp ik de stukjes tot een brij en kook ze. Vervolgens giet ik al het sap – het toversap – af en geef het de koning te drinken.'

Later die dag, toen de tovenaar terugkwam in het paleis, zagen de kinderen en het varken dat hij een fles met een dunne, goudkleurige vloeistof vasthield.

'Dit is het spul dat je vader zijn eetlust zal teruggeven', zei hij tegen de prinses.

'Mag ik ook een slokje?' vroeg Paulien.

'O, nee!' zei Tobias Tob. 'Jij zeker niet, domme meid.'

Toen hij dat zei, veranderde prinses Paulien plotseling weer in het verwende kind dat ze ooit geweest was. Stampvoetend schreeuwde ze tegen de tovenaar: 'Hoe durf je me een domme meid te noemen! Ben je vergeten dat ik een prinses ben?'

Jantje Spicht, die achter haar stond, hield zijn hand voor zijn mond om de brede grijns op zijn gezicht te verbergen.

'Nee, dat ben ik niet vergeten', zei Tobias Tob, 'en zou je zo vriendelijk willen zijn, Paulien, om niet zo tegen me te schreeuwen. Ik kan je vertellen dat als je iets van dit spul zou drinken, je zo'n eetlust zou krijgen dat je zou blijven eten totdat je opgeblazen was als een ballon. Je zou de dikste prinses van de hele wereld worden.'

95

'En dat willen we niet, hè Lolly', zei Jantje en het varken knorde luid: 'Nee.'

'Kom', zei de tovenaar. 'We gaan eens kijken hoe de koning zijn medicijn inneemt.'

Koning Theodorius zat nog steeds aan de grote tafel in de grote eetkamer, waar koningin Edelwina hem probeerde te verleiden met een aantal heerlijke gerechten. 'Probeer dit eens, Theo', zei ze. 'Een beetje maar, om mij een plezier te doen. Of een beetje van dit… of dit… of neem dit.'

Maar de koning zei alleen maar lusteloos: 'Ik heb geen trek, Wien, ik wil niets eten.'

De tovenaar liep naar voren, met in zijn ene hand de fles en in zijn andere een glas.

'Neemt u me niet kwalijk', zei hij tegen de koning, die er bleek uitzag.

'Ik heb hier een drankje dat Uwe Majesteit wel verfrissend zal vinden.'

Hij vulde het glas met het goudkleurige sap.

'Kan ik u overhalen om een slokje te proeven?' vroeg hij.

'Nee', zei de koning.

'Toe, Theo!' riep de koningin.

'Probeer het eens, pappie', riep de prinses.

'Het zal u goed doen', zei Jantje.

De tovenaar hield hem het glas voor.

'Probeer het maar eens', zei hij.

'Oké, als het moet', bromde de koning. 'Ik zal het proberen. Dan houden jullie tenminste op met zeuren.'

Hij nam het glas aan, keek ernaar en snoof er eens aan, terwijl Lolly een hele reeks 'ja'-knorretjes liet horen.

Toen nam hij een slokje van de toverdrank van moly.

Onmiddellijk, iedereen zag het, gingen zijn doffe ogen weer helder staan en kwam er een beetje kleur op zijn grauwe wangen.

Toen nam hij een paar flinke teugen.

Hij dronk het hele glas leeg.

Iedereen keek toe terwijl koning Theodorius opstond en een

beetje versuft om zich heen keek, alsof hij wakker werd uit een nare droom.

Toen schreeuwde hij zo hard hij kon:

'Ontbijt! Ik wil mijn ontbijt!'

'Maar Theo,' zei de koningin , 'het is theetijd!'

'Hij heeft al zolang niets meer gegeten', zei de tovenaar. 'Misschien is een ontbijt wel het beste.'

Dus zei de koningin tegen haar man: 'Wat wil je het liefst hebben?'

'Roerei!' riep de koning. 'Een dubbele portie roerei! Met drie sneetjes toast! En snel een beetje, ik ben uitgehongerd!'

In de klas zei de prinses tegen de tovenaar: 'Bedankt, Tobias. Heel erg bedankt dat je pappie zijn eetlust hebt teruggegeven, dat je zijn leven gered hebt. En het spijt me dat ik tegen je geschreeuwd heb. Dat was erg onbeleefd van me.'

'Mooi zo', mompelde Jantje zachtjes.

'Oké, Paulien', zei de tovenaar. 'Ik had je vader in elk geval niet beter kunnen maken zonder het toverkruid moly en dat had ik niet kunnen vinden zonder hulp van Lolly. Waarom gaan jullie niet eens kijken of de koning al goed eet?'

Toen ze de eetkamer binnenkwamen, was de koning bezig aan zijn derde portie roerei en zijn vierde sneetje geroosterd brood. Op tafel stond nog een van zijn lievelingsgerechten klaar: koude rijstpudding met overvloedig veel aardbeienjam.

Toen Tobias Tob alleen was met Lolly, fluisterde hij in haar oor: 'Volgens mij lijkt koning Theodorius nog het meest op een varken.'

'Die lieve Lolly'

HOOFDSTUK TIEN

Dankzij de moly veranderde er een heleboel voor koning Theodorius.

Het eerste dat gebeurde was natuurlijk dat de koning zijn eetlust terug had en hoe! Hij at de hele dag door en werd daardoor zo dik dat koningin Edelwina besloot dat hij wat meer moest bewegen.

'Je moet gaan wandelen', zei ze.

'In mijn eentje?' zei de koning.

'Ik heb veel te veel te doen in het paleis en in de tuin en Paulien en Jantje moeten naar school bij de tovenaar.'

'Het varken heeft niets te doen', zei de koning.

'Oké, dan neem je haar mee. Een beetje beweging zal ook haar geen kwaad doen.'

Dus was het tweede dat gebeurde dat de koning elke ochtend, nadat hij een groot ontbijt naar binnen gewerkt had, uit het paleis vertrok met Lolly naast zich. Ze had geen halsband en lijn nodig, zoals een hond, want ze bleef netjes naast de koning lopen en deed alles wat hij haar zei, zoals 'Stilstaan!' (als hij een praatje wilde maken met een voorbijganger) of 'Ga zitten!' (als hij even op adem moest komen).

Het derde dat gebeurde was dat de koning merkte dat hij erg gehecht raakte aan het huisdier van zijn dochter. Hij herinnerde zich nog hoe klein en mager ze was geweest toen ze haar voor het eerst gezien hadden. Nu was ze een mooi, sterk varken.

Ze was goed gezelschap op zijn wandelingen en hij praatte veel met haar tijdens het lopen. Hij vertelde haar wat een brave, prachtige big ze was en hoe dank-

baar hij haar was dat ze (zoals de tovenaar hem verteld had) de moly gevonden had.

'Ik wil iets terugdoen', zei de koning. 'Is er iets wat je heel graag zou willen?'

Als antwoord liet Lolly een stroom opgewonden geluidjes horen (waarvan de koning uiteraard niets begreep).

Op een dag zei hij tegen de tovenaar: 'Luister eens, Tob, ik wil je om advies vragen. Je weet dat ik regelmatig ga wandelen met Lolly – mijn vrouw staat er nu eenmaal op dat ik beweging nodig heb – en het varken praat een heleboel tegen me, maar natuurlijk kan ik geen varkenstaal begrijpen.' Koning Theodorius lachte hartelijk: 'Stel je voor, als je dat zou kunnen!'

'Ja, stel je voor', zei de tovenaar.

'Weet je,' zei de koning, 'ik wil zo graag weten wat het dier wil, omdat ik er zeker van ben dát ze iets wil. Jij kunt me zeker ook niet helpen, Tob, of wel?'

'Misschien', zei de tovenaar. 'Ik zal eens met haar praten.'

'Met haar praten?' lachte de koning. 'Dan moet je varkenstaal kunnen spreken.'

'Inderdaad', zei de tovenaar.

'Nou ja,' zei de koning, 'kijk maar of je erachter kunt komen wat Lolly wil. Ik wil iets voor haar doen. Ik vind het geweldig dat ze dat... hoe noem je het ook weer... gevonden heeft.'

'Moly.'

'Ja, dat is het. Die lieve Lolly! Ik maak haar hertogin', zei de koning.

De volgende ochtend, een prachtige, zonnige morgen, hadden de kinderen les in de tuin.

'Je vader maakt Lolly hertogin', zei Tobias Tob tegen de prinses.

'Jij gelooft zeker ook dat het varkens kan regenen!' zei de prinses. 'Dat belooft m'n pappie zo vaak.'

En tegen Jantje zei ze: 'Of niet, hertog Jan?'

Jantje lachte. 'Maak je er maar niet blij over dat hij jou ook hertog wil maken', zei hij tegen de tovenaar. 'Hij vergeet het toch altijd.'

'Gelukkig vergeten jullie nooit wat ik je geleerd heb', zei de tovenaar. 'Zoals Gondwanaland. Wat was Gondwanaland ook alweer, Paulien?'

'Een supercontinent dat meer dan twee miljoen jaar geleden bestaan zou hebben', antwoordde de prinses. 'Het bestond waarschijnlijk uit Zuid-Amerika, Afrika, Australië, Antarctica en India.'

'Goed zo', zei de tovenaar. 'En nu een vraag voor jou, Jantje. Wat is een numbat?'

'Een buideldier zo groot als een rat', zei Jantje, 'met witte strepen op zijn rug en een lange staart. Met zijn lange, kleverige tong eet het mieren en termieten.'

'En waarin verschilt het van andere buideldieren?'

'Het heeft geen buidel.'

'Goed zo', zei de tovenaar. 'Nu eentje voor jullie alle twee. Hoe ver staat de aarde van de zon?'

Tegelijkertijd antwoordden ze: 'Honderdnegenenveertig miljoen kilometer.'

'Goed zo', zei de tovenaar. 'Nu gaan we even pauzeren. Jullie rennen naar het eind van de tuin en terug.' Terwijl ze wegstoven, zei hij tegen Lolly: 'Kom eens even hier.'

Hij keek in haar heldere, slimme ogen, omkranst door lange, witte wimpers, en zag iemand die helemaal niet zoveel anders was dan hijzelf.

Het varken op haar beurt keek naar dat grappige mannetje met zijn kleurige kleren en die vreemde, randloze hoed en maakte het geluid dat betekende: 'Wat is er aan de hand?'

'Nou, Lolly,' zei de tovenaar, 'volgens de koning zit je ergens aan te denken. Er is toch niets mis met je? Je bent toch niet ziek?'

Als antwoord kwam een langgerekte knor: 'Nee.'

'Wat wil je dan?'

Toen de kinderen terugkwamen van hun wedstrijd – Jantje had gewonnen, hij had de langste benen – konden ze nog net Lolly's antwoord horen, een heleboel knorretjes, grommetjes, piepjes en snuifjes.

'Ze wil ons iets vertellen', zei de prinses. 'Ik wou dat ik wist wat ze wil.'

'Ik denk dat ik het wel kan raden', zei Jantje glimlachend. 'Lolly is een gezond, jong vrouwtjesvarken. Ze is nu bijna volwassen.'

Jantje Spicht en Paulien keken naar Tobias Tob en toen naar elkaar.

'Natuurlijk!' zeiden ze in koor. 'Ze wil baby's.'

'Donker en knap'

HOOFDSTUK ELF

De tovenaar dacht goed na over de wens van het varken. De prinses zou het fantastisch vinden, net als Jantje, en ook de koning zou het geweldig vinden, zeker
nu hij zo dol op Lolly geworden was. Maar de koningin
zou het misschien niet zo leuk vinden.

Wel, dacht Tobias Tob, we moeten
een paar dingen veranderen.

'Paulien,' vroeg hij aan de prinses, 'slaapt Lolly nog
steeds bij jou in bed?'

'Ja.'

'Is er nog steeds genoeg
plaats in bed voor jullie
tweeën?'

'Nou...'

'Kan Lolly nog steeds
zonder problemen de trap
oplopen?'

'Nou...'

'Ze maakt je 's nachts niet wakker met haar gesnurk of met andere geluiden?'

'Nou, ze…'

'Is het geen tijd dat ze een eigen kamer krijgt?'

'Een eigen slaapkamer bedoel je?'

'Ja. Beneden. Vlak bij het varkensluik.'

'Dat doet me eraan denken', zei de prinses, 'dat ze te groot wordt voor het varkensluik. Laatst bleef ze er een keer in steken en moesten Jantje en ik een dienaar halen om ons te helpen haar erdoorheen te duwen.'

'Dat is geen probleem', zei de tovenaar. 'We laten de koninklijke timmerlieden gewoon een groter luik maken. Maar een eigen kamer… er is die prachtige kamer naast dit klaslokaal. Ik geloof dat die kamer leegstaat.'

'Ik zal mammie vragen of ik ze mag gebruiken', zei de prinses.

'Goed', zei de tovenaar. 'Nog beter is als je vraagt of je ze voor Lolly mag gebruiken.'

Koningin Edelwina vond het een prima idee. Hoe dol ze ook geworden was op Lolly, vanwege al het goede dat ze in de rozentuin deed – de grond loswoelen met haar snuit en hem bemesten met haar achterkant – ze was er nooit zo gelukkig mee geweest dat het varken over haar kostbare tapijten en over de trap naar boven liep of in Pauliens kamer sliep.

Dus gaf ze opdracht de meubels weg te halen uit de mooie kamer naast het klaslokaal en (op aanraden van de prinses) het tapijt te laten bedekken met een dikke laag paardendekens uit de koninklijke stallen, om een lekker bedje voor Lolly te maken.

Pas toen Lolly in haar nieuwe verblijf zat en er een nieuw, veel groter varkensluik was gemaakt, nam de tovenaar koning Theodorius in vertrouwen.

'Herinnert u zich nog dat u aan mij vroeg of ik erachter kon komen wat Lolly wilde?' vroeg hij aan de koning.

Nee, dacht de koning.

'Ja', zei hij.

'We weten nu wat ze wil', riepen Jantje en de prinses tegelijk.

'Wat wil ze dan?'

'Baby's.'

'Baby's!' riep de koning. 'Wat leuk!'

'Wat zal uw vrouw ervan vinden?'

'We hoeven haar toch niets te vertellen. We zorgen dat het een verrassing is.'

'Zoals u wenst.'

'Kun jij dat regelen, Tob', zei de koning. 'Kun jij daar allemaal voor zorgen? Ik bedoel, ken jij iemand met een... hoe noem je zoiets... een papa-varken?'

'Een beer.'

'Juist, dat bedoel ik.'

'Ja, ik ken wel iemand.'

'Als het je lukt,' zei de koning opgewonden, 'maak ik je ridder. Ridder Tobias Tob! Hoe vind je dat klinken?'

Vreselijk, dacht de tovenaar.

'Prachtig', zei hij.

Naast alle dingen die de tovenaar wist, wist hij ook dat een zeug drie maanden, drie weken en drie dagen nodig heeft om baby's te krijgen.

In de klas bracht hij het gesprek op verjaardagen.

'Wanneer ben jij jarig, Jantje?' vroeg hij.

'Negen december', zei Jantje.

'En jij, Paulien?'

'Drieëntwintig juni.'

Snel maakte de tovenaar uit zijn hoofd een sommetje. Het komt precies goed uit, dacht hij. Nu is het midden februari, dus als ik Lolly aan het eind van de maand bij de beer breng, worden de biggetjes misschien wel rond Pauliens verjaardag geboren. *Op* Pauliens verjaardag, zei hij tegen zichzelf. Met een beetje geluk. Of toverkracht.

'Wanneer ben jij jarig, Tobias?' vroeg de prinses.

'Een april.'

Een week of twee later was het niet koning Theodorius die Lolly meenam voor haar dagelijkse wandeling. Het was Tobias Tob. Hij had haar natuurlijk al verteld wat hij van plan was en haar gevraagd of ze het een goed idee vond, en ze had geantwoord dat ze het een geweldig idee vond en had gevraagd, met een hele stroom opgewonden knorretjes en snuifjes: 'Hoe ziet hij eruit, die beer?'

'Donker en knap', zei de tovenaar.

'O Tobias, het is je gelukt!'

HOOFDSTUK TWAALF

Als je vol spanning op een ge-
beurtenis zit te wachten, kan
de tijd heel langzaam gaan.

Niet alleen de koning, maar
ook Jantje Spicht (die het
nieuws gehoord had, maar ge-
zworen had dat hij het geheim
zou houden) wist dat Lolly over
een tijdje moeder zou worden.
Maar dat tijdje – drie maanden,
drie weken en drie dagen – leek
een verschrikkelijk lange tijd.

Lolly leek zich er niet druk over te maken dat ze
moest wachten. Ze genoot van haar eten en haar dage-

lijkse wandeling met de koning en sliep als een roos in haar nieuwe slaapkamer, van waaruit ze als het nodig was makkelijk de tuin kon in lopen via het nieuwe, grote varkensluik.

Voor de koningin en prinses Paulien verstreek de tijd in zijn gewone tempo, want geen van hen verwachtte iets ongewoons. De koningin was blij met haar tuin en Paulien was blij dat ze les kreeg van de tovenaar en zoveel interessante dingen leerde, waarvan ze niets ooit nog vergat.

Ze vond het nog steeds leuk met haar nieuwe kennis indruk te maken op haar ouders.

'Mammie,' zei ze dan bijvoorbeeld tegen koningin Edelwina, 'weet jij soms wat de nationale taal van India is?'

'Indiaas denk ik', antwoordde haar moeder.

'Nee, Hindi. Honderdtachtig miljoen Indiërs spreken het.'

'O', zei de koningin.

Of ze zei tegen de koning: 'Pappie, weet jij wie Pythagoras was?'

'Piet Apegras?' zei de koning. 'Is dat niet die zanger…?'

'Nee. Pythagoras. P-Y-T-H-A-G-O-R-A-S.'

'Geen idee.'

'Een Griekse wiskundige die meer dan 2500 jaar geleden leefde.'

'Wat worden jullie toch knap', zei de koning op een dag. 'Maar ik wed dat ik iets weet dat jij niet weet.'

'Wat dan?'

'Zeg ik niet. Het is een geheimpje.'

'O, toe, pappie!'

'Je komt er wel achter als je wat ouder bent', zei de koning.

'Ik ben bijna jarig', zei zijn dochter. 'Voor het geval je dat vergeten was. Heeft jouw geheim daar iets mee te maken?'

De koning knipoogde, maar hij zei niets meer.

De prinses ging naar Jantje.

'Hertog Jan,' zei ze, 'pappie heeft een geheimpje. Volgens mij heeft het iets te maken met mijn verjaardag. Weet jij er iets van?'

'Ja.'

'Wat is het dan?'

'Het is een geheim.'

Het gezicht van de prinses betrok. Woedend fronste ze haar wenkbrauwen en begon te stampvoeten. Jantje moest erom lachen, omdat het hem herinnerde aan vroeger.

'Waarom lach je?' vroeg ze boos.

'Geduld, Paulien', zei Jantje.

'Geheimen zijn om te bewaren.

Geduld is een schone zaak.

Ik vertel je toch lekker niks.

Dus vraag maar raak!'

Voordat ze die avond naar bed ging, liep de prinses naar Lolly's nieuwe verblijf om haar te eten te geven. Ze zag hoe het varken een heleboel eten naar binnen slokte.

'Wat heb je toch een honger, tegenwoordig, Lolly,' zei ze, 'en het lijkt wel alsof je steeds dikker wordt.' Als antwoord maakte het varken een heleboel snuffelende, snuivende, piepende geluidjes.

'Ik wou dat ik begreep wat je zegt', zuchtte de prinses. 'Maar je ziet er gelukkig uit. Ben je ook gelukkig?' Als antwoord kwam er een stroom duidelijke 'ja'-knorretjes.

Natuurlijk wist Lolly's oorspronkelijke baasje wel waarom ze met zoveel smaak at en waarom ze zoveel dikker leek te worden. Jantje Spicht was blij en opgewonden bij de gedachte dat zijn varken... Pauliens varken... hun varken binnenkort een nest biggetjes zou krijgen.

Hij vroeg zich af hoeveel het er zouden worden. Hij wist dat sommige varkens wel twaalf of meer baby's kregen bij een bevalling, maar hij wist ook dat een jonge zeug als Lolly er waarschijnlijk de eerste keer niet zoveel zou krijgen.

En wat voor kleur zouden ze hebben? Hij wist – omdat de tovenaar het aan de koning verteld had, die het

weer aan hem verteld had – dat de vader van de nog ongeboren biggetjes een knappe, ravenzwarte beer was.

Halverwege de maand juni werd Jantje steeds benieuwder naar de antwoorden op zijn vragen.

Ook koning Theodorius was erg opgewonden. Het zou fantastisch zijn als het varken haar baby's inderdaad op Pauliens verjaardag kreeg! Het zou een prachtige dag zijn voor de prinses! Die mocht niet bedorven worden, bedacht hij. Toen bedacht hij plotseling dat er maar één persoon was die het zou kunnen bederven en dat was zijn vrouw, die nog niets wist van het geheim en misschien grote bezwaren zou hebben tegen al die jonge biggetjes in het paleis.

Eens kijken of Tob dat kan oplossen, zei hij bij zichzelf. Wien heeft een hele hoge dunk van die kerel, omdat hij haar rozen met dat mengsel van vogelpoep, slakkenslijm en geplette muizenkeutels van sterroetdauw heeft genezen.

'Maakt u zich maar geen zorgen', zei de tovenaar tegen de koning. 'Ik zal Hare Majesteit er in een gesprekje wel op wijzen dat Lolly, hoeveel baby'tjes ze ook krijgt, beneden zal blijven, vlak bij het varkensluik en dus de rozentuin, zodat koningin Edelwina over een tijdje niet één varken heeft om haar rozenperken te verzorgen en te bemesten, maar een heleboel.'

'Ze zal gaan zeuren', zei de koning, 'omdat ze – afgezien van Paulien – de laatste is die het geheim hoort.'

'Dan zal ik haar, als u het goed vindt, maar een leugentje om bestwil vertellen', zei de tovenaar. 'Ik zal tegen de koningin zeggen dat zij de eerste is die het hoort. Dat zal ze fijn vinden.'

Dat deed hij en het werkte!

Op de avond van de tweeëntwintigste juni ging Jantje in zijn huisje naar bed in de hoop dat het varken de volgende dag zou bevallen. Toen de assistent-tuinman van de koningin Lolly in haar kamer goedenacht was gaan wensen, had hij gezien dat ze rusteloos was en de lagen paardendekens met haar snuit door elkaar woelde, alsof ze er een soort bed van probeerde te maken.

De volgende ochtend werd hij al vroeg wakker. Hij kleedde zich aan en liep dwars door de tuin. Hij dook het nieuwe varkensluik door en bleef in de gang voor Lolly's kamer staan om te luisteren.

Tot zijn grote plezier hoorde hij een heleboel knorretjes en piepjes.

'O, Tobias, het is je gelukt!' zei hij zacht.

'Nee, nee', zei een stem achter hem en daar stond de tovenaar in zijn kleurige kleding. In zijn hand had hij zijn hoge hoed zonder rand, die hij had afgezet om door het varkensluik te kunnen. Hij zette hem terug op zijn hoofd.

'Nee', zei hij weer. 'Ik had er niets mee te maken, Jantje, hoe zou dat nou kunnen? Lolly heeft gewoon zelf besloten haar baby's op Pauliens negende verjaardag te krijgen. Puur toeval.'

Jantje grinnikte.

'Wacht maar tot zij ze ziet!' zei hij.

Lang hoefden ze niet te wachten, want een paar ogenblikken later kwam de prinses de trap af en rende de gang door.

'Gefeliciteerd, Paulien!' zeiden Jantje en de tovenaar in koor.

'O, dank je!' zei de prinses. 'Ik ga mijn varken even goedemorgen wensen.'

'*Ons* varken', zei Jantje.

Onze varkens, dacht de tovenaar.

Op dat moment hoorde de prinses ook het koor van geluiden uit Lolly's kamer.

Ze rende naar binnen. Daar lag, op een groot nest van paardendekens, Lolly, die haar pasgeboren biggetjes liet drinken.

'O, wat leuk!' riep prinses Paulien. 'O, Lolly, wat ben je toch knap! O, wat een mooie baby'tjes – sommige zwart, sommige wit, sommige gevlekt! O, Jantje, o, Tobias!'

De prinses ging het nieuws meteen aan haar ouders vertellen en al spoedig kwamen koning Theodorius en koningin Edelwina kijken, in hun kamerjassen en de koning met zijn slaapmuts nog op zijn hoofd.

'O, Lolly!' riep de koningin. 'Wat ben je toch knap!'

En tegen haar man zei ze: 'Ik was de eerste aan wie het geheim verklapt werd. Jij wist van niks, hè Theo?'

'Natuurlijk niet, Wien', zei de koning.

En aan zijn dochter vroeg hij: 'Hoeveel baby'tjes heeft ze gekregen?'

'Nou papa,' antwoordde de prinses, 'ze heeft drie witte, twee zwarte en vier gevlekte, en jij weet wel wat drie plus twee plus vier is, hè?'

'Natuurlijk', zei de koning. 'Mm, eh, eens kijken...'

'Negen!' riep de prinses.

'Wat een verrassing!'

HOOFDSTUK DERTIEN

Toen de volwassenen weg waren, de koning en de koningin om zich aan te kleden en te gaan ontbijten (waarvoor ze de tovenaar hadden uitgenodigd), stonden prinses Paulien en Jantje Spicht naast elkaar te kijken naar Lolly, die haar baby's liet drinken.

'O, Jantje', zei de prinses. 'Wat een verrassing! Ik wist echt niks! En dat ze ze op mijn verjaardag gekregen heeft! En dat ze er negen gekregen heeft, een voor elk jaar van mijn leven! Hoe kan dat nu?'

'Toverkracht, zou ik zeggen', antwoordde Jantje. 'Denk eraan, ze is erg knap, dat varken van jou.'

'Van *ons*', zei de prinses. 'Denk eens, hertog Jan, nu hebben we tien varkens.'

Ze keek haar vriendje aan.

'Pappie heeft er nog steeds niet aan gedacht je hertog te maken', zei ze.

'Geeft niet', zei Jantje. 'Ik vind het leuk als alleen jij me zo noemt. Trouwens, de tovenaar vertelde me dat je vader gezegd had dat hij hem jonkheer zou maken.'

'Dat vergeet hij tóch', zei de prinses. 'Trouwens, ik denk dat Lolly de enige is die een adellijke titel verdient. Het helpt niet als we het pappie vragen. We doen het zelf wel, jij en ik. Hoe zullen we haar noemen?'

Jantje keek liefdevol naar het varken dat vroeger van hem was geweest en nu van hun tweeën was, dat vroeger mager was geweest en nu lekker dik was.

'Ze heeft helemaal geen titel nodig', zei hij. 'We noemen haar gewoon **knappe Lolly**!'